د. جُمان الريحاني

رواية

وجبة آخر الليل

لويس و إيليز

إهداء..

إهداء إلى الأرواح العالقة من أجل الحب

إهداء إلى الأجساد المعذبة من أجل الحب

إلى كل روح وجسد ينتميان إلى بعضهما باسم الحب

إلى كل حب يكون هو البداية والنهاية

إلى كل حب يكون هو الأول والأخير

جمان الريحاني

يرجع لويس إلى البيت كل يوم في وقت متأخر فيغير ملابسه بعد أن يستحم، ثم يتوجه في صمت وهدوء إلى غرفة الطعام، ليجد على الطاولة طعام العشاء في هذا الوقت المتأخر.

يجد على الطاولة حساء الخضار بالفطر الساخن الذي يتصاعد منه البخار لشدة سخونته، ومعه ثلاث قطع خبر، وكأس عصير، وكأس شاي بالنعناع الساخن فهو

يحب رائحة النعناع على المائدة وسوف يشربه بعد العشاء مباشرة.

وتوجد سلطة فيها الفجل والجرجير، وبعض الجبن المبشور.

وجبة العشاء تبدو وكأنها لوحة جميلة مرسومة.

وبالطبع توجد الفوطة الحريرية التي نقشت عليها أول حروف اسمه.

بعد أن يمسح بالفوطة الحريرية يتلمس الحروف ويبتسم، ثم يغادر الطاولة بكأس الشاي ويجلس على الأريكة، فيضع رجلا على الأريكة ورجلا على الأرض.

يجلس قليلا ثم يغفو وينام.

في يوم الغد، نرى لويس يتجهز لمغادرة البيت وهو يجمع أغراضه، ويأخذ الحقيبة والمفاتيح التي يكاد أن ينساها، فيرجع من عتبة الباب ليأخذها .

يركب لويس سيارته، ويتوجه إلى العمل على أنغام الإذاعة التي تصف الطقس الربيعي، يدخل المبنى وهو لا يسلم، ولا يلقي التحية على أحد، فهو يرتدي نظاراته الشمسية، ويتوجه مسرعا إلى مكتبه.

يصعد في المصعد لوحده، ثم يتوجه إلى قاعة الاجتماعات، فينظر إلى كل الموجودين وهم يتناقشون، يكتب ملاحظات خاصة على أوراقه، فهو لا يحب إبداء أرائه بل يحتفظ بها لنفسه، لكي يقيم الموظفين الجدد دون أن يوجههم أو يصحح لهم تصرفاته، لأنه بالطبع يحاول تقييمهم، لكي يجتمع بهم فيما، بعد ويضع النقاط على الحروف.

يخرج لويس من قاعة الاجتماعات بعد أن غادر الجميع بحوالي الثلاث ساعات، فقد كان يراجع ويدرس كل ما كتب على لوحة الحائط، وما تمّ عرضه.

يبدو لويس مرتاحا وهو بقميصه، وقد فك ربطة العنق وفتح أزرار القميص ورفع الأكمام.

يشعر لويس بالتعب، فيأخذ معطفه وحقيبته وينزل.

وكان كل الموظفون قد غادروا المكتب فقد تجاوز
لويس موعد خروج الموظفين من العمل.

ينزل لويس المصعد لوحده، وقد رن له الهاتف، ولكنه
لم يجب داخل المصعد، لأن الهاتف لا يعمل داخل
المصعد، وهو يعمل في الطابق السابع والعشرون.

وفجأة يتعطل المصعد لمدة نصف ساعة، ثم يعود للعمل من جديد، وعندما يخرج لويس لا يتكلم مع البواب لأنه يشعر بالغضب بسبب المصعد وتوقفه بلا سبب، ولكن لويس يكتم غضبه ويجري ذلك الاتصال المهم الذي لم يتمكن من الرد عليه سابقا.

بعد ذلك يخرج لويس من باب العمارة، ولكنه يبدو متوترا وعلى وجهه تبدو عليه ملامح الهلع.

يبدو أن تلقى خبرا مزعجا على الهاتف لأنه أصبح متوترا، ويريد المغادرة بالسرعة القصوى، ولكن لا أحد يعلم لما هو منزعج هكذا.

يركب السيارة ويتوجه إلى البيت الذي يبعد ساعتين عن المنطقة الذي يعمل فيها، يسلك الطريق الغابي المظلم وسرعة سيارته تفوق السرعة العادية.

كاد لويس أن يصدم غزالا على الطريق فانحرف السيارة واصطدمت بشجرة بعد أن انحرفت عن الطريق.

خاف لويس كثيرا، وكاد أن يموت في ذلك الحادث، تمالك نفسه ثم أدار عجلات السيارة، وعاد إلى الطريق بصعوبة.

يبدو أنه قد نجا من الحادث بمعجزة، فقد كان الاصطدام قويا جدا.

اتجه إلى منزله وهو فرح لأنه لم يقم بارتكاب حماقة ويفقد حياته في حادث سيارة.

عندما دخل لويس إلى البيت استحم وغير ثيابه، ثم توجه إلى غرفة الطعام، فوجد وجبته التي تأخر أن وصل إليها، فهو لم يتناول أي شيء طول النهار.

من عادة لويس أن ينشغل بالعمل فلا ينتبه على نفسه، حتى أنه أحيانا ينسى أن يتناول الطعام.

وجد على الطاولة وجبة ساخنة، طبق حساء الخضر مع الفطر وسلطة الجرجير والفجل وقطع الخبز الثلاثة، وكأس الشاي بالنعناع الذي يحب رائحته جدا، ولا تكتمل الوجبة بدونه.

أخذ لويس كأسه وتوجه إلى الأريكة التي غفي عليها كالعادة .

سؤال وجواب

وهذه هي يوميات لويس، الذي لا يتناول إلا وجبة واحدة في اليوم، وهذه الوجبة دائما ما تكون في آخر الليل.

لم تكن تسنح له الفرصة في العمل لتناول أي شيء كما أنه لا يحب تناول الطعام في الخارج، بل يفضل وجبته التي تنتظره كل ليلة في بيته الدافئ.

ولكن.. من يعد له هذه الوجبة، وهو يسكن بعيدا عن المدينة، ويبدو كأنه يعيش لوحده، ولكنه كل ليلة يجد الوجبة لا تزال ساخنة جدا ؟

يعود الجواب عن هذا السؤال إلى قبل سبعة سنوات، حيث أن لويس هو شخص منطوي ومحترم، ولكن في الحقيقة خجول أيضا.

ليس لديه أصدقاء كثيرون، بل هو قد جاء إلى هذه المدينة منذ حوالي الستة أشهر، ولا يزال جديدا في هذه الأرجاء، لذا هو يعرف الناس جيدا.

انتقل لويس إلى هذه المدينة من أجل العمل، ولكن المدينة تعج بالناس، والحياة فيها غالية، ولكن عمله جيد، لذا قرر أن يشتري منزلا خارج المدينة.

بحث في الخريطة عن البلدات القريبة من المدينة، وعندما وجد المكان المناسب بحث عن إعلانات بيع البيوت فوجد إعلانا عن بيت نال إعجابه.

كان الإعلان عن منزل في إحدى القرى التي تبعد عن المدينة حوالي الساعتين، ولكن رغم بعد المسافة إلا أن البيت جيد وقد نال إعجابه.

صحيح أن البيت مقطوع ولا جيران له، ولكن له حديقة جميله وسياج أبيض وعرزال على جانبه، وهو في وسط غابة محروسة وآمنة، قريب من نبع ماء أيضا، كانت صور البيت جميلة جدا.

لقد أعجب لويس بالبيت من الخارج والداخل، وأعجب بالمسافة والمنطقة وكل شيء.

قرر لويس أن يزور صاحب البيت، وأن يتفرج بنفسه على هذا البيت الذي أثر فيه، وذكّره بطفولته فقد كان يسافر مع والدته إلى بيت جده في الريف، وكان جده قد صنع له بيت عرزال يشبه هذا الذي بقرب البيت كثيرا.

يبدو أن لويس قد كان متخذا قراره بشراء البيت، ولكن كان يجب أن يراه على الطبيعة، لكي يتأكد من انه صالح للعيش فيه، وأيضا لكي يرى ما ينقص البيت وما إلى ذلك.

عقد لويس الصفقة مع البائع وأخذ البيت، وقد كان مبسوطا بما فعله.

انتقل إلى البيت، ولكن كان يجب أن يقوم ببعض التصليحات قبل ذلك، فراح يخرج منه الأثاث الذي لا يعجبه، واحتفظ ببعض الأغراض التي رأى بأنه قد يستفيد منها.

حمل الأثاث الذي كان سيتخلص منه في شاحنة وتوجه إلى محل خردوات وتركهم هناك ثم توجه إلى محل أجهزة كهرو منزلية وابتاع ثلاجة جديدة.

بعد ذلك نقل كل أغراضه، التي كانت في الشقة التي كن قد أجرها سابقا.

كان أمامه الكثير من العمل لإنجازه، التنظيف والترتيب لكي يصبح البيت جاهزا.

لقد قام لويس بكل الأعمال لوحده ولم يكن بحاجة لأي شخص لكي يساعده، فقد كان يعتمد على نفسه في

غالب الأحيان، ولا يلجأ لأي أحد ولا يطلب المساعدة من أي شخص.

الحادث المأساوي

عندما استقر لويس في بيته مع كمبيوتره وأغراضه، شعر بالجوع ولا يوجد ما يؤكل في البيت فقرر أن يذهب إلى البلدة التي هي قريبة جدا، تبعد أقل من عشرة دقائق لكي يشتري ما يكفيه من الطعام والأشياء والأغراض الضرورية.

عندما وصل إلى البلدة، لم يستطع تحمل الجوع ولا إغراء المحل المقابل في الشارع، لكنه كان قد قطع وعدا على نفسه أن لا يتناول الطعام في المطاعم أبدا، وذلك لسبب خاص به.

هذا السبب هو أنه قد وقع له حادث مأساوي في يوم من الأيام، حيث كان برفقة والدته.

دخلا إلى أحد المطاعم الصغيرة، وطلبا حساء وبعض المأكولات.

بينما والدته تنتظر الطعام ذهب لويس إلى المحل المجاور لكي يشتري سم فئران، لأنه كان يحتاجه في البيت.

لم يجد لويس إلا علبة واحدة بيعت قبله بقليل، فلحق بمن اشتراها وطلب منه أن يبيعه إياها، لأنه اعتقد بأنه قد يكون هو أكثر حاجة للعلبة فيبيعه إياها بكل سهولة، لكن الشخص الذي اشتراها رفض.

لقد رفض ذلك الرجل عرض لويس رفضا قاطعا إلا أن لويس كان ملحا، وحاول إقناعه بحاجته إليها، وهكذا توصل الاثنان إلى حلّ وسط، وهو أن يتقاسما الزجاجة.

كان لويس يحمل في يده كأسا بلاستيكيا شفافا، كان فيه عصير يشربه، وهكذا طلب من الرجل أن يضع له القيل من السم السائل في ذلك الكأس، وتلك الكمية سوف تفي بالغرض.

سكب لويس من زجاجة السم التي تحتوي على سائل برتقالي اللون في كأسه الشفاف، ما يكفيه والرجل ينتظره أن يكمل ما يقومه به، لكي يغادر فقد كان في عجلة من أمره.

عاد لويس بعد ذلك إلى المطعم الذي ترك فيه والدته تنتظر الطعام، فوجد بأن الطعام لم يجهز بعد، مع جلوسه إلى الطاولة كانت النادلة تضع الأطباق، فاستأذن من والدته لكي يدخل إلى الحمام من أجل أن يغسل يديه، وقد وضع الكأس الذي كان يحمله على الطاولة.

وضعت النادلة الطعام، حساء والكثير من السلطات والصلصات المتنوعة التي كانت قد طلبتها والدته، التي كانت تحب الطعام كثيرا.

خرج لويس من الحمام على صوت صراخ، ولم يفهم ما الذي يحدث، حيث كانت إحدى المَوظفات تجري اتصالا لطلب سيارة إسعاف، تلبس النادلات لباسا أبيضا، فستان وفوقه مئزر أحمر اللون، وطاقية حمراء.

لقد فهم بأنه قد وقع حادث ما، وهذا ما جعل الفوضى تعم المكان.

خرج لويس من الحمام ليجد الكثير من الناس يجتمعون في مكان قرب طاولته ووالدته، فقلق بعض الشيء.
عندما تمكن من المرور بين الناس، لكي يصل إلى طاولته وجد والدته ملقاة على الأرض، تنازع الحياة، كانت تمسك بها إحدى النادلات، ووجهها أصفر وكأنها تعاني حالة اختناق، وهناك الكثير من الزبد على فمها.
لم يفهم لويس ما حدث مع والدته من الصدمة، ثم توجه بنظره إلى الطعام المبعثر على الطاولة، فلم يثر انتباهه أي شيء، ثم لاحظ أن كأس السم مفتوح.

يبدو أن والدته العجوز قد اعتقدت بأن ما في الكأس الشفاف، هو صلصة تابعة للطعام وأنها إحدى الصلصات التي وضعتها لها النادلة على الطاولة مع الطعام.

وهكذا وضعت والدة لويس من تلك الصلصة أو ما اعتبرته صلصة على طعامها، وكان هذا سبب تسممها وسبب وفاتها.

ما حدث مع لويس ووفاة والدته، وخاصة بتلك الطريقة جعله يشعر بالذنب ولأنه هو الذي قتلها أو تسبب في قتلها، لذا فهو كان يشعر بالذنب ولم يكن يستطيع أن يغفر لنفسه، ولا حتى أن يتصالح مع ذاته.

لقد سببت له خسارة والدته وخاصة بتلك الطريقة، حزنا وألما لا يحتملان.

بعد مرور فترة من وفاته والدته، لم يستطع لويس أن يتحمل البيت ولا الحي ولا كل تلك المدينة، لذا انتقل فكان سبب انتقاله من مدينته قتله والدته قتلا غير

متعمد، ولم يستطع أي أحد أن ينزع تلك الفكرة الخاطئة من عقله.

لكن الصدمة النفسية التي تعرض لها كانت قوية عليه، فقد كان يعيش مع والدته، وكان متعلقا بها شديد التعلق، وهي سيدة مريضة، وكانت أيامها معدودة، فقد حدد لها الطبيب حوالي السنتين من الحياة، لكن السمّ قلّص المدة.

كان لويس يسير في الشارع يبحث عن مكان يتناول فيه الطعام، نزلت دموعه وهو ينظر إلى الجانب الآخر من الطريق، وهو يتأمل أحد المحلات.

في هذه الأثناء، كانت تنظر إليه سيّدة غير بعيدة منه، تلبس فستانا ورديّا وطاقية، وكأنها نادلة وترتدي فوق فستانها سترة زرقاء فاتحة اللون.

كانت تلك السيّدة تحاول قطع الطريق وهي تحمل كيسا من الخضار يظهر منه الفجل.

لقد لفت نظرها وشعرت بالفضول تجاه ذلك الشاب الواقف يتأمل محلا ولا يدخل إليه، كما أنه يبدو عليه أنه حزين لأنه شارد، دامع العينين.

توجهت تلك السيدة الشابة إلى الشاب الوافد الجديد إلى بلدتها، فقد استنتجت بأنه إما عابر سبيل، أو ربما وافد جديد سيقطن في البلدة.

كانت السيدة الشابة، تعرف جيدا ما ستقوله لذلك الرجل الغريب، فألقت عليه التحيّة، وقالت:

مرحبا سيدي..

من شدة جمالها ولطافتها لم يستطع لويس أن يرفض تحيتها، ولا أن يُعرِضَ عنها، بل كان يجب أن ينسحب بكل لطف، وهكذا ألقى عليها التحية، وقال:

مرحبا سيدتي..

السيدة الشابة:

أرى أنك جديد في المدينة

لويس:

أجل.. سيدتي

السيدة الشابة:

هل أنت هنا لأجل عمل أم أنك مسافر ومررت من هنا؟

لويس:

لا هذا ولا ذك.. في الحقيقة لقد انتقلت للعيش بالقرب من هنا من جديد.

السيدة الشابة:

آه.. أهلا بك، وهذا سبب إضافي لكي أدعوك لكي تتفضل.

لويس:

أتفضل!؟

السيدة الشابة:

نعم.. تفضل بالدخول إلى ذلك المحل الذي كنت تراقبه من بعيد..

لويس:

لا شكرا.. لا أريد.

السيدة الشابة:

أرجوك دعني أقدم لك شيئا لتتناوله، أعتقد بأنك تشعر ببعض الجوع..

محل الحلويات ذلك هو ملكي، وأنا كنت عائدة من السوق، هيا معي.. رجاء..

لويس:

لا أريد.. شكرا لك.. أنا مغادر.. أعتذر

السيدة الشابة:

لا.. لن أدعك تغادر هكذا، أنا مُصرّة على أن ترافقني إلى ذلك المحل الذي كنت تراقبه

لويس:

لم أكن أراقب..

السيدة الشابة:

لا تقلق أنا لم اقصد ما فهمته أنت، أنا أقصد أنني أدعوك لدخول ذلك المحل، فمحل الحلويات ذلك هو ملكي، وأنا أدعوك لتناول بعض الحلويات، ولكن إن لم تكن تحب الحلويات، فسوف أقدم لك بعض الطعام، لأن البيت الذي في الطابق الذي فوق المحل هو بيتي

لويس:

حسنا.. ولكن لا أريد أن أتأخر

السيدة الشابة:

لن أجعلك تتأخر أبدا، أعدك.. وسوف يعجبك الطعام وهذا وعد آخر أقدمه لك.

أنا أدعوك لتناول وجبة، وإن لم يعجبك طعامي، لا تعد الكرة ولا تأكل من يدي ابدأ، أما إن أعجبك يجب أن تتردد على المحل كثيرا .

بعد طول كلام وإصرار، وافق لويس على تلبية تلك الدعوة، وقرر الذهاب مع تلك السيدة الشابة الجميلة إلى بيتها الجميل المتواضع.

ابتسمت بابتسامتها الجميلة، وتوجهت إلى المحل ولويس الذي لم يستطع أن يرفض طلبها يتبعها رغم هدوئه، فهو لا يكاد ينطق بكلمة.

دخلت السيدة الشابة الشابة محلها، وراحت تقوم بتجهيز الطعام، وتضيف لمساتها السحرية، وكأنها تعزف سمفونية، ولويس مأخوذ بها ويراقب تحركاتها، وهي تقطع الخضار بكل فنّ وحب، وتمسح بيدها على جبينها حينا بعد حين، تحاول إرجاع خصلة الشعر المنسدلة على وجهها إلى الوراء، شعرها أشقر مائل للون البرتقالي، وغير طويل، لكنها تربطه في الخلف كأنه ذيل أرنب صغير ممتلئ وناعم كالحرير.

لقد كانت تنتقل من نوع خضار إلى آخر، ومن طبق إلى آخر، وكأنها تقوم بإبداع لوحة فنية، وهي تختار لها ألوانها المميزة بكل رفق وعناية، وبكل اهتمام، لقد كانت بالفعل تنتقي موادها بكل فن وتميز.

لم يكن يبدوا عليها أنها تعد الطعام، بل كانت تنظر إلى الطاولة، وتراقب المواد، ثمّ تختار ما تراه يناسب أطباقها، كانت تبدو فنانة بالفعل، إنها فنانة في مطبخها وبين موادها التي يبدو أنها تعشقها جملة وتفصيلا.

شاي بالنعناع

عندما دخل لويس إلى البيت أول مرة، سأل السيدة الشابة والتي تدعى إيليز عن تلك الرائحة المنبعثة من بيتها، لقد كانت رائحة ذكية وقوية في نفس الوقت.

كان كل البيت يعبق بتلك الرائحة المميزة، والتي تجلب الهدوء والسكينة.

فأخبرته أنها رائحة الأعشاب العطرية التي تغرسها في أصائص في بيتها، وتعتني بها كما أنها تستعملها في أطباقها، وأيضا تعطي روحا للبيت وجملية للمنظر.

أصر لويس عن منبع رائحة واحدة بالذات، وليست رائحة كل الأعشاب ولا هي رائحة يعرفها، بل كان يبحث عن رائحة غريبة إلا أنها ذكية، فعرضت عليه إيليز مجموعتها.

كانت تأتيه بالأصائص أصيصا أصيصا لكي يكتشفا مصدر الرائحة التي لم تكن تنبعث لا من الريحان ولا من إكليل الجبل ولا الزعتر ولا البقدونس..

وأخيرا اكتشفا مصدرها وعرفا أن تلك الرائحة التي لم يعهدها لويس التي أثارت انتباهه، وأعجبت حاسة الشم لديه هي رائحة النعناع.

أخبرته ايليز أنها سوف تصنع له شايا بعد تناوله الطعام لكي يشربه، وهو شاي مميّز لأنها سوف تضيف له بالنعناع، وقالت له:

بما أنك أعجبت برائحة النعناع، سوف أصنع لك شايا بالنعناع، وأنا متأكدة بأنه سوف ينال إعجابك إلا أنني سوف أنتظر ردة فعلك بعد تذوقه، أعتقد بأنك سوف

تُدمن طعمه ويسعدني أن أعده لك ساعة تشاء، ويمكننا تجاذب أطراف الحديث أيضا، ولنطلق عليها أحاديث الشاي بالنعناع.

كان رد فعل لويس ابتسامة بريئة على كلامها الطيف ولم يعلق عن الموضوع، ولكنه طلب منها إبقاء أصيص النعناع على المائدة لإعجابه برائحته.

أعجبت ايليز بالفكرة، ووضعت الأصيص على الطاولة، وهزّت الأعراف لكي تبعث برائحتها الطيبة وكأنها تضع مزهرية ورود على طاولة الطعام.

أخبرها لويس أنه لا يتناول اللحوم وقال:

عذرا سيدتي..

لم يكمل كلامه فقاطعته ايليز، وقالت (وهي تبتسم والابتسامة لا تفارق وجهها الجميل):

أرجوك لا تنادني بسيدتي.. ربّما هذا من باب الاحترام، ولكنه يجعلني أشعر بأنني سيّدة متقدمة بالعمر.

لويس:

اعتذر منك.. لم اقصد ذلك أبدا

ايليز:

اسمي إيليز.. نادني إيليز رجاء..

لويس:

حسنا..

إيليز:

وماذا كنت تريد أن تقول؟

لويس:

كل ما أردت قوله، هو أنني لا أتناول أي نوع من
اللحوم.

إيليز:

لا عليك، يمكنني إعداد الكثير من الأطعمة دون
الاعتماد على اللحوم.

سكتت ايليز لبرهة، ثم قالت له:

أنا أحب كل أنواع الطعام، ويمكنني إعداد العديد من الأطعمة المتنوعة، وأيضا التي لا أعتمد على اللحم فيها، ولكنها شهية ولذيذة.

لذّة الطعام هي من اختلاط المكونات مع بعض، وحسن اختيار ما يتناسب مع بعض ولا يعتمد أن يكون اللحم أحد مكوناتها.

لويس:

أنت تعرفين الكثير عن الطعام

ايليز:

إنه تخصصي.. وكل حياتي، وليس لي أي اهتمام بأي شيء آخر في الحياة

لويس:

هل أنت طباخة؟

ايليز:

يمكنك أن تعتبرني كذلك، ولكن الأمر أكثر بساطة بالنسبة لي، أنا أحب الطبخ، وأيضا أحب صنع الحلويات ليس إلا.

لويس:

أعتقد أنك كذلك..

ايليز:

يمكنك أن تطلق حُكمك بعد أن تتذوق طعامي

لويس:

حسنا..

ايليز:

سوف أطبخ لك حساء من ابتكاري، إنه حساء الخضار بالفطر، وصلصة بخلطة سريّة ولا أحد يعرف مكوناتها بدقّة إلا إنا لأنها تضفي طعما مميزا على الطعام.

كان الحساء كثيفا، ويميل إلى اللون الأصفر، حيث
تظهر فيه قطع الجزر المقطعة بطريقة فنية ومميزة،
وقطع القرع والبطاطا والفطر، وتزينه ببعض الشبت
والنباتات العطرية التي لا تستغني عنها ايليز في
أطباقها.

وضعت ايليز بجانب هذا الطبق سلطة الجرجير
والفجل، واعتذرت لأنها لا تمتلك خضارا كثيرة في
البيت.

لقد أرادت ايليز أن تخرج لشراء بعض الخضار أو
حتى لإحضار بعض المكونات من محلها، ولكن لويس
منعها من فعل ذلك.

لم يكن لويس يريدها أن تتعب نفسها من أجله، حتى أنه
قد منعها من النزول إلى مطعمها لتحضر منه بعض
الأغراض، فهي متعودة على الطبخ في المطعم،
والأكل هناك لأنها لا تملك عائلة.

فقالت له:

كنت أريد أن أفاجئك بوجبة لا يمكنك نسيانها، وأيضا أردت أن أبهرك كطباخة، ولكن للأسف خانتني المواد التي لم تتوفر لأنني أعيش وحدي، ولا أكترث كثيرا لما يوجد في بيتي هنا، فأنا اقضي أغلب الوقت في المحل.

لويس:

هل تعيشين هنا بمفردك فعلا؟

ايليز:

أ... ماذا؟

لويس:

آسف.. اعتذر عن وقاحتي

ايليز:

لا داعي للاعتذار.. سؤالك لم يكن وقحا أبدا

لويس:

ليس عليك الإجابة..

ايليز:

ليس لدي مانع.. و... أجل.. أنا أعيش هنا بمفردي، لا تقلق يمكنك أن تكون مرتاحا، لن يزعجك أي شخص إن كان هذا ما يقلقك.

وضحكت ضحكة لم تكن من قلبها.

لويس:

لا.. إنه ليس قلقا، بل هو مجرد سؤال خطر ببالي، وطرحته بناء على ما كنت تقولينه سابقا..

ايليز:

هيا.. لقد أصبح الطعام جاهزا

قدمت ايليز الطعام (بابتسامة حقيقية ودافئة)، وقالت:

تفضل..

لويس:

يبدو شهيا

ايليز:

شهية طيبة

بعد الغداء الذي تناوله لويس، وكأنه لم يتناول طعاما منذ سنوات، لقد أكل كثيرا، أكل حتى امتلأ، فكان يطلب من ايليز المزيد، ثم المزيد حتى شبع تماما.

كان هو سعيد بالطعام، وايليز سعيدة بمنظره، وهو يلتهم الطعام الذي أعدته بشراهة، لقد شعرت بالرضا لأنه أحبه.

قامت ايليز بعد ذلك بإعداد كوب من الشاي بالنعناع، الذي لم يصدق مذاقه، كوب الشاي بالنعناع الذي وقع لويس في غرامه، وأخبرها بأنه سوف يأتي يوميا من أجل كوب الشاي وهذا الطعام اللذيذ.

رحبت ايليز بالفكرة كثيرا، وقالت له:

ألم أخبرك بأنك سوف تدمن كوب الشاي بالنعناع، وأنا متأكدة من ذلك وها قد حصل ما أخبرتك به.

ابتسم لويس لأول مرة، وقال لها:

أجل.. لقد كان توقعك صائبا

لاحظت ايليز تلك الابتسامة، وقالت في نفسها: إيليز لقد ربحت الرهان، وأيضا جعلته يبتسم كما أعجبه طعامي، أنا حقا طباخة، وأيضا إنسانة.

لويس:

والآن.. أعتقد أنه وقت المغادرة

ايليز:

هلا بقيت لندردش معا قليلا..

لويس:

أجل.. يمكنني فعل ذلك

سعدت ايليز بما فعله لويس لأنها بالفعل كانت تشعر بالفضول لمعرفة ما سبب حزنه البادي في عينيه.

لم تستطع ايليز أن تطرح عليه أي سؤال، لذا بادرت هي بسرد حكايتها له، وقالت له:

أريد أن أخبرك بشيء..

لويس:

وما هو؟

ايليز:

لقد سألتني قبلا.. هل أنا أعيش هنا لوحدي، ولم أجبك عن السؤال كما يجب.

لويس:

لا عليك.. أعتقد بأنه الفضول أو ما شابهه هو من جعلني أتدخل.

ايليز:

ليس تدخلا أنا أريد أن أخبرك شيئا عن حياتي، لقد كنت أعيش مع والدي، وقد توفي قبل فترة، ومنذ ذلك الحين، وأنا أعيش بمفردي.

لويس:

أسف لسماع ذلك..

ايليز:

لا داعي للأسف.. لقد حدث ذلك منذ مدة

لويس:

ولكن الألم لا يزول مع مرور الوقت

ايليز:

الأمر لا يتوقف فقط هنا، بل هناك قصة حزينة وراء ذلك أيضا.

لويس:

اعتذر لأنني ذكرتك بالأمر لابد وأنك تشعرين بالحزن

ايليز:

ربما، قد يكون هناك نوع ما من الحزن

لويس:

أنا أفهمك جيدا، لأنني قد مررت بنفس تجربتك

ايليز:

أحقا، ماذا تعني؟

قَصّ عليها لويس حادثة وفاة والدته، وما سببته له من ألم وحزن وأسى، كما أخبرها عن أن تلك الحادثة هي السبب وراء انتقاله إلى هنا.

حزنت ايليز لسماع تلك القصة الحزينة والمؤلمة، كما أنها قد شعرت بكل ألم لويس، وما يحمله من ذنب على ظهره، والآن فقط عرفت لما كان الحزن باديا في عينيه عندما رأته لأول مرة، كما أنها قد شعرت

ببعض الحميمية، عندما شاركها قصته بكل تفاصيلها، وأخبرها بأنها أول شخص يحكي له قصته منذ فترة، إلا أنه قد شعر بالراحة معها، لذا كان منفتحا وشاركها همومه.

حاولت ايليز مواساته والتخفيف عنه، ولكن ألمه كان عميقا جدا، وذلك لعلاقته الوطيدة بوالدته التي حاول أن يحميها ويخدمها، ولكنه تسبب لنفسه بخسارتها.

فجأة.. قالت له ايليز:

أرجوك أن تنسى الماضي وتلك الحادثة، وواصل حياتك مثلما فعلت أنا

لويس:

أعرف أنك تحاولين التخفيف عني، ولكن قصتانا مختلفتان، وكثيرا..

ايليز:

أنت تعتقد ذلك أنك لا تعرف التفاصيل، سوف تغير رأيك إن سمعتها.

لويس:

أية تفاصيل؟

ايليز:

والدي لم يمت بطريقة سهلة، بل كان مدمنا على الكحول وبشدة، لقد كان يعاني، وكنت أنا أعاني معه، كنت أعاني أكثر منه.

لويس:

آسف.. ، لم أكن أعلم هذا

ايليز:

لا عليك، لازال للحديث بقية

لويس:

اعتذر.. لأنني قاطعتك

ايليز:

لا بأس..

لويس:

واصلي رجاء..

ايليز:

لقد كنت أتعب مع والدي كثيرا، لأنه كان متعب وصعب التعامل معه، كما أنه كان يتحكم بحياتي أيضا.

كما أنه قد ترك لي هذا المحل الذي أعمل فيه، ولكن تركه غارقا في الديون، لقد كانت ديون كبيرة، لذا كان علي العمل ليلا نهارا..

لويس:

يبدو أنك قد عانيت بالفعل

ايليز:

لقد كان الأمر متعبا، بل مرهقا جدا

لويس:

يبدو كذلك بالفعل..

أن لا يكون الوالد كما نتوقع هو أمر صعب

ايليز:

لم يكن فقط صعب، بل كان مريض أيضا، وقد عملت كممرضه له، وقد اشتدّ عليه المرض في أيامه الأخيرة.

لويس:

هل مات فجأة أم كان الأمر متوقعا؟

ايليز:

كنا نتوقع لأن حالته كانت تتدهور يوما بعد يوم،
والأسوأ من كل ذلك أنه قد طلب مني السماح والمغفرة
قبل وفاته.

لويس:

وهذا الأمر يعتبر سيء بالنسبة لك؟

ايليز:

نعم.. بالطبع كان أمرا سيئا، لأنه لم يكن يمكنني أن
أسامحه على كل ما فعله بي

هل تعلم بأنه قد جعل حياتي صعبة جدا؟

كما أنه كان في كل حياته يقف بيني وبين حياتي
والزواج، وأن تصبح لي أسرة وأطفال

لقد حرمني من حياتي ومن أحلامي.. لقد كان يتحكم
بحياتي، ومنعني من كل ما هو من حق أية فتاة.

لويس:

كيف اعتنيت به فيما بعد، وقد فعل كل هذا بك، وأيضا لم تكوني متصالحة معه؟

ايليز:

لقد تعاملت معه، واعتنيت به بعد أن هدّم كل أحلامي وحرمني من كل الأمور الجميلة، التي تحلم بها كل الفتيات.

لقد كنت أرى كل قريناتي وصديقاتي كل يوم يتزوجن وينشئن عائلات خاصة بهم، وينجبن الأطفال، وأنا مجبورة على تلك الحياة، التي لم يكن بيدي أن أقوم بتغييرها.

لقد كنت وكأنني مسجونة، ولم يكن بيدي أي حلّ

لويس:

هذا الأمر بالفعل صعب، أنت حقا قوية.

ايليز:

لست قوية، لم أكن قوية أبدا

أنت لم ترني وأنا أبكي كل مرة عندما يتزوج أحد أصدقائي السابقين، لقد كان الشعور بالألم كبير، ولا يمكنني أبدا وصفه.

كان من الصعب علي رؤيتهم وهم يتزوجون، ويرزقون بالأطفال.

لويس:

لابد وأنك شعرت بالوحدة

ايليز:

بل أنا أشعر بوحدة أعظم اليوم، وأنا وحيدة في عمر الاثنان والأربعون.

لويس:

لقد جعلتني أشعر بالحزن، لم أتخيل بأن هناك من يعاني مثلي أو ربما أكثر مني.

أعتقد بأننا نشبه بعضها

ايليز:

نشبه بعضنا؟

لويس:

أجل.. نشبه بعضنا

ايليز:

ما قصدك؟

لويس:

كلانا عانى أزمة ما

كلانا اعتني بأحد والديه

كلانا فقد الشخص الذي كان يعتني به، ويشعر بأنه المسئول عليه.

ايليز:

لم أفكر في الأمر بهذه الطريقة

لويس:

الأمر لم يتوقف هنا

ايليز:

ماذا هناك بعد؟

لويس:

كلانا وحيد، ألم تلاحظي هذا؟

ايليز:

يبدو كذلك

لويس:

أعتقد أننا نصلح لكي تصبح صديقين، ما رأيك؟

ايليز:

طبعا.. يسعدني ذلك

لقد استمتعت هذا اليوم برفقتك، فلم أحظ بمثل هذه الرفقة منذ زمن.

شكرا لك

لويس:

بل الشكر لك على الدعوة والطعام، وأيضا على الحديث الذي تبادلناه

لقد حان وقت المغادرة الآن، استأذنك بالمغادرة

ايليز:

طبعا.. طبعا..

لقد قضى الاثنان وقتا ممتعا، ونسيا الوقت، بل لم يشعرا بمروره حيث كانا يتشاركان الحزن والألم، والتنفيس عن الغضب من كل أمور الحياة، ومن الحياة في حدّ ذاتها.

لم تنس ايليز إعجاب لويس بالنعناع، فقدمت له هدية وأعطته أصيص النعناع الذي كان على الطاولة، وهو يغادر منزلها لكي يتذكرها، ولكي يرجع مرة أخرى.

صداقة، حب وزواج

أصبح كل من لويس وايليز أصدقاء، حتى
تطورت صداقتهما، ونمت بينهما علاقة عاطفية ، لكن
إيليز كانت تعتقد أنها قد تكون مجرّد علاقة عابرة أو
ربما نزوة وسوف تمر، أو تنتهي بمرور الوقت.

إلا أن لويس تعلق بها التعلق الشديد، وعندما تقدم
ليطلب يدها، رفضت رغم حبها الكبير له، لأنها أكبر
منه بحوالي إثنتى عشرة عاما.

لقد فكرت ايليز كثيرا في الموضوع وفي عرض الزواج الذي قدّمه لها لويس، ولكنها انحنت منحى آخر في تفكيرها، وراحت تعدد الفروقات بينهما، وركّزت بالأخص على مسألة العمر.

لم يقتنع لويس برفضها، ولم يقتنع بكل السباب التي عددتها له، كما أنه لم يبال بكلامها عن فارق السن بينهما، وأصر على الزواج منها.

وهكذا بعد مرور عدة أشهر، حيث كانت ايليز مترددة ومتخوفة، وكان لويس على العكس مصر ويتردد على بيتها والمحل كثيرا، ولكنها لم تكن تنزعج منه، بل على العكس لقد كانت تتلهف لرؤيته، فتسهر الليل تنتظر بزوغ الفجر، لكي يأتي يوم جديد من أجل أن يدقّ بابها حبيبها لويس.

أما لويس فقد كان هو الآخر وكلما انصرف من بيتها كان يراوده الشوق للعودة إليها، فينتظر حلول يوم جديد، لكي يزورها من جديد.

لم يكن لويس يتناول طعامه إلا في محل ايليز، ومن تحت يديها، وأيضا يقضي الكثير من الوقت، إما جالسا لوحده أو يتبادل أطراف الحديث معها.

وأخيرا.. وافقت ايليز على طلب لويس الزواج منها، وعندما أخبرته بالأمر لم يصدق الأمر أبدا، وكاد يطير فرحا بالخبر السعيد الذي كاد أن يصبح مجرّد حلم يطارده لويس ليلا نهارا.

تكوين أسرة وأحلام كثيرة

أقام لويس وايليز حفل زفاف بسيط في كنيسة البلدة الصغيرة، وحفل استقبال في مطعم ايليز ، حيث حضر الحفل معارف إيليز والأصدقاء وزبائن المحل المعتادين.

بعد ذلك أخذ لويس إيليز إلى بيتهما، البيت الذي كان يسكنه لويس، والفرحة تغمرهما.

دخلا البيت وأحضرا معهما كمية من السعادة كبيرة، سعادتهما الشخصية، سعادة سكنت قلبيهما، وسعادة كل من يعرفهما بهما وبحفل زفافهما الجميل.

عاش لويس وايليز أياما سعيدة، فكانا يقومان بالشواء خارج البيت، حيث ايليز تأكل اللحم الذي يشتريه لويس من أجلها هي فقط، فهو لم يكن يأكل أي نوع من اللحوم، بينما يتناول هو الخضار المشوية، وهما يلعبان ويمرحان.

كان لويس يحب تلك الأيام التي يقومان بنزهة فيها ولكن في حديقة بيتهما حيث هو يقوم بالشواء وإعداد السلطة ويكتفي برؤية ايليز وهي سعيدة وتزين وجهها ابتسامة صادقة من القلب خالصة.

لقد كانا مجنونين بحق، فكانا أحيانا يأخذان خيمة التخييم ويخيمان خارج بيتهما قرب نبع الماء، وإذا شعرا بالبرد فإنهما يرجعان سريعا إلى بيتهما الدافئ الحنون.

في ليلة رأس السنة من تلك السنة، قاما بإقامة حفلة، ودعا لها شيخا وعجوز، السيد **جون** والسيدة **جوان**،حيث كانا يترددان دائما على مطعم ايليز وشاب يدعى **بِنْ** يعاني من بعض التأخر الذهني، ورجل أرمل يدعى السيد **هنري**، هذا الأخير هو من أحضر الضيوف في سيارته، وأخذهم فيها فيما بعد.

قدّم لويس لزوجته هدية بمناسبة رأس السنة، وكانت المفاجأة أنه قد زيّن إحدى الغرف، ووضع فيها سرير طفل بالخفية عنها، وهذا تعبيرا عن رغبته في إنجاب طفل منها، تعبيرا على أنه قد آن الأوان لكي يجعلا عائلتهما أكبر.

وعندما غادر الضيوف أخذ لويس زوجته وحبيبته ايليز مغمضة العينين إلى الغرفة التي بها المفاجأة، وأعرب لها عن رغبته تلك، وأخبرها بكل ما يحلم بتحقيقه معها.

تأثرت ايليز كثيرا بما رأته عيناها، وامتلأت عينيها بدموع الفرح، وما هي إلا لحظات حتى انهمرت تلك الدموع الساخنة على وجنتيها.

لقد كانت ايليز تحلم بتكوين أسرة، وكان زواجها أجمل شيء حصل معها في حياتها، وإنجاب طفل هو أكبر حلم يمكن للمرأة أن تحلم به.

قال لها لويس:

حبيبتي ايليز.. أنت قد عرفت ما هي أمنيتي عندما فتحت عينيك..

أنا أريد أن تصبح عائلتنا أكبر

أريد طفلا..

ايليز:

وأنا أيضا أريد أن تصبح عائلتنا أكبر وأقوى

لويس:

هل أنت موافقة على إنجاب طفل؟

ايليز:

طبعا موافقة، أنا أتلهف لذلك

لويس:

أنا أحبك كثيرا يا ايليز

ايليز:

وأنا أحبك كثيرا

لويس:

أنا لا استعجل الأمر، ولكن هل يمكننا الذهاب إلى الطبيب لاستشارته؟

ايليز:

لماذا؟

لويس:

لكي نستشيره وأيضا لكي نأخذ منه بعض النصائح وربما يقوم بإجراء بعض التحاليل... ما رأيك؟

ايليز:

هل تعلم يا لويس.. أنا لدي بعض التخوف بخصوص
هذا الموضوع

لويس:

ماذا تقصدين؟

ايليز:

أنت تعلم بأنني متقدمة في السن، وربما قد لا استطيع
الإنجاب... أنا آسفة.. ربما قد أحرمك من حلمك هذا،

أنا آسفة

(وبدأت ايليز تبكي، وهي تكاد تفقد الأمل في الحياة
والإنجاب)

لويس:

أرجوك يا حبيبتي.. توقفي عن البكاء، أنا لا أتحمل
روية دموعك هذه.

مسح لها دموعها، وراح يواسيها

ايليز:

لا يمكن أن أكون سببا في حرمانك من الأطفال

لويس:

أنت تفهمين الأمر بشكل خاطئ

أنا أريدك أنت أن تنجبي لي طفلا

أريد أن يربط بيننا طفل يا ايليز

ايليز:

ولكن...

لويس:

أرجوك.. يجب أن نحاول على الأقل، أليس لنا الحق

في المحاولة.

ايليز:

ولكن..

لويس:

لا تقولي لكن ... ولا تكملي كلامك.

أنا أعتقد بأنه يجب أن نحاول على الأقل مرة واحدة

ايليز:

وإن لم تنجح المحاولة؟

لويس:

حسنا.. إن لم تنجح محاولتنا، يمكننا أن نتبنى طفلا ما
رأيك؟

ايليز:

نتبنى طفلا؟

لويس:

أجل.. نتبنى طفلا لكي تصبح عائلتنا أكبر، وأيضا من أجل أن يجلب لنا الطفل الذي سنعتني به السعادة التي تحظى بها كل الأسر

ايليز:

حسنا..

لويس:

هل أنت موافقة؟

ايليز:

أجل.. أنا موافقة

فرحت ايليز كثيرا بكلام لويس، وأيضا بأفكاره التي كانت كلها تصب في مصلحة عائلتهما الصغيرة.

لقد فهمت ايليز من كلام حبيبها وزوجها لويس وإصراره أنه يريد أن يرتبط بها بكل الأشكال، وأنه يحبها حبا عظيما لم تكن تتصور أنها قد تصادفه في

حياتها أو حتى تتحصل عليه، لقد كانت تلك هي كل السعادة التي تمنتها، والتي تحلم بها أية امرأة.

وهكذا اتفق الاثنان على مراجعة الطبيب، ومحاولة الإنجاب أن كان ذلك ممكنا بالنسبة لهما.

الحمل والحلم يكاد يتحقق

بعد مرور حوالي السنة، أصبحت ايليز حاملا بفضل العلاج، لكن الطبيب أخبرهم بأن حملها صعب ويجب عليها أن تهتم بصحتها جيدا، يجب أن تهتم لطعامها ونظامها الغذائي، وأيضا لأسلوب حياتها، كما يجب عليها أن ترتاح، وأن لا تتعب نفسها، ومن الأفضل أن تلازم البيت بدون أي جهد يذكر.

امتثلت ايليز لأوامر الطبيب وأصبحت لا تخرج من البيت إطلاقا، ولا تبذل أي جهد مهما كان، والغريب أنها كرهت اللحم، وأصبحت لا تطيق وجوده في البيت، مما جعل لويس سعيدا، لأنه قال لها وهو يمازحها:

أنا متأكد بأن الطفل سوف يشبهني كثيرا لأنه ومنذ الآن يتطبع بطباعي.

أرأيت أنه نباتي مثلي، وجعلك أنت أيضا نباتية

أعتقد أنه سوف يكون طفلا قويا جدا.

ايليز:

أو طفلة..

لويس:

أجل أو طفلة، أنا أحبه سواء كان ذكرا أو أنثى، وأنت تعلمين ذلك

ايليز:

أعلم يا حبيبي.. وأنا أحبكما

لويس:

وهناك أيضا أمر آخر يجعلني سعيدا

ايليز:

ما هو؟

لويس:

يمكنني أن أطلب حساء الخضار متى أشاء، ويمكنني أن أتناوله من تحت يديك كل يوم.. أليس كذلك؟

ايليز:

نعم يا حبيبي..

وهكذا أصبح لويس يطلب من حبيبته إيليز حساء الخضار بالفطر يوميا، حتى أنه لم يكن يتناول الطعام

خارج البيت أبدا، بل يتلهف للعودة إلى البيت في وقته المعتاد، رغم تأخره بالوصول، ليجدها قد حضرت له وجبته المفضلة والمثالية، التي لا يستغني عنها.

لقد كانت ايليز حريصة على الاعتناء بزوجها، رغم كل شيء، ورغم ضعف حالتها الجسدية، فهي لا تستطيع القيام بأي جهد، ولو كان جهد بسيط، إلا أنها لم تكن تطيق البقاء في السرير، لذا كانت تعتبر الطبخ لزوجها عملا يجعلها تهتم به، وأيضا يضفي بعض التسلية ليومها، وينقذها من البقاء في السرير، خاصة وأن زوجها يقضي كل يومه في العمل، ويرجع في وقت متأخر إلى البيت، حتى أنه يجدها أحيانا قد خلدت للنوم.

يوميات لويس وايليز

كانت ايليز تستيقظ كل صباح قبل زوجها الحبيب

و تعد له طعام الإفطار، ثم تودعه وهو يغادر البيت.

عند خروج لويس تناديه ايليز وتذكره بأن لا ينسى

مفاتيحه، وقد كان ينساها كل يوم، وهي تذكره كل يوم،

فيرجع من عتبة الباب ليأخذ المفاتيح ويغادر.

وفي المساء، عند عودة لويس إلى البيت، كان يستحم ويغير ملابسه، وايليز تجلس في الصالون في غرفة الجلوس وهي تشاهد التلفاز، فيتوجه لويس إلى غرفة الطعام، ليجد بأنها وضعت له الطعام على المائدة، حساء خضار بالفطر وثلاث قطع خبز، وسلطة الجرجير بالفجل التي طلب منها إعدادها بالشكل الذي أعدتها له أول مرة، دون إضافة أي نوع آخر من الخضار، مع جبن مبشور.

وتضع له ايليز على الطاولة أيضا كأس الشاي بالنعناع، الذي أصبحت هي لا تطيق رائحته بعد الحمل، فكانت تعده وهي تحبس أنفاسها وأيضا تضع قطعة قماش على فمها وأنفها، ولم تخبر لويس بذلك، ثم تجلس بعيدا عن المائدة تشاهد التلفاز، لكي لا تشم رائحة الشاي، رغم أن رائحته تملأ المكان.

لقد كانت ايليز تحب زوجها كثيرا، لذا فهي لم تكن ترهقه بمتاعب الحمل، وكانت حريصة على تحضير طاولة طعام جميلة ودافئة كل ليلة عند عودة زوجها

من عمله، بينما تجلس بعيدا عنه، لكي لا يلاحظ أنها تتضايق من رائحة الشاي بالنعناع أمامه، فيشعر بالاستياء هو الآخر.

عندما ينهي لويس وجبته يتوجه إلى الكنبة والتلفاز، لكن ايليز كانت قد غادرت الغرفة في تلك الأثناء وتوجهت إلى الحمام، تستحم هي الأخرى لأنها تحب أن تأخذا حماما دافئا قبل الخلود للنوم، ثم تذهب إلى غرفة الطعام والمطبخ فتجمع الأواني وتغسلها، لأنها كانت حريصة على نظافة بيتها.

بعد ذلك تذهب إلى غرفة الجلوس لكي تجلس مع زوجها، فتجد أن لويس قد غفي على الأريكة التي يجب الجلوس عليها، بينما كان يتناول كوب الشاي المحبوب، والذي أحضره معه من غرفة الطعام.

تبتسم ايليز ابتسامة دافئة، وهي تنظر إلى زوجها الغافي مثل ملاك، يبدو أنه كان متعبا بشكل كبير لدرجة أنه يغفو على الأريكة.

ترفع ايليز لزوجها رجله من على الأرض، فقد نام ورجل على الأريكة ورجل على الأرض، وتغطيه بلحاف كان على الأريكة.

تأخذ ايليز كوب الشاي إلى الطبخ تغسلها ثم تتوجه إلى غرفة النوم، وتنزع الروب الأزرق السماوي الغليظ قليلا، وتنام في فستان النوم الوردي.

بطنها كبيرة جدا، فهي في الشهر التاسع في هذه الأيام، وسوف يرزقان بمولودهما الذي لم يعرفا جنسه، بل تركاها مفاجأة لهما، وقد كان هذا قرارهما معا.

يوميات حامل

ايليز تنهض كل يوم تودع زوجها، ثم ترتاح قليلا، وبعد ذلك تغزل بعض الصوف باللونين الأزرق والوردي، من كل شيء تصنع قطعتين باللونين الأزرق والوردي من الجوارب، والقبعات والملابس والألحفة.

ولأنهما لا يعرفان جنس مولودهما، وهذا ما جعلها تقرر أن تصنع لطفلها ملابس باللون الأزرق إن كان ذكرا، وباللون الوردي إن كانت أنثى.

لقد كانت تحيك الصوف بكل حب وسعادة، وهي تصنع الكثير من الأمنيات الجميلة التي تجمعها مع طفلها وزوجها.

بعد أن تنهي ايليز الحياكة تضع الصوف على الطاولة الموجودة قرب التلفاز، وتخرج إلى الحديقة لتسقي نباتاتها ومزروعاتها، والأعشاب العطرية الموجودة في الشرفة.

بعد ذلك تقوم ايليز ببعض التمارين الرياضية الموجهة للمرأة الحامل، وتمارين للتنفس، تأخذ حماما، لأنها كانت تشعر بأن الحمام يجعلها تشعر بنشاط أكبر، لذا كانت تأخذ حماما أكثر من مرة في اليوم، وأحيانا مرة واحدة فقط تكفيها لكي تشعر بأنها بحالة جيدة.

ترتدي ثيابها ثم تعد طعاما لنفسها ولجنينها وهي تكلمه، وتقول:

لقد جاء موعد الطعام يا حبيبي..

أعلم أنك جائع لأن حركتك أصبحت كثيرة، اهدأ قليلا وسوف تعد لك والدتك كل الطعام الذي تحبه.

صغيري الجميل.. سوف نتناول كل ما تحب وتشتهي، فوالدتك تحبك وتحب أن تجعلك سعيدا، كما أنني أطلب من والدك أن يحضر لنا كل ما أنت تطلبه مني، لأنه يحبك كثيرا، مثلما أحبك أنا يا حبيب والديك.

تحب ايليز أحيانا أن تدندن وتغني له بعض الأغنيات الجميلة، والألحان الهادئة والسعيدة.

تتناول ايليز طعامها وتغسل الأواني، والجنين يلعب معها عند سماع الأغاني التي تمر في الإذاعة، فيقوم بركل بطنها، وهي تكلمه باستمرار.

تشرب ايليز حليبا، وتأكل تفاحة، ثم تخرج إلى الشرفة مرة أخرى، وهي تضع شالا على كتفيها، فالجو فيه بعض البرودة، تسمع الساعة قد دقت إنها السادسة فتدخل إلى البيت.

تقوم ببعض الترتيبات وتأخذ كتابا عن الولادة والأم والطفل، تقرأ بعض الصفحات وعيناها معلقة على ساعة الحائط، ودقات قلبها تدق مع رقاص الساعة.

عندما تصبح الساعة الثامنة، تفزع ايليز من مكانها وتتوجه إلى المطبخ، فتقوم بتجهيز الطعام بلمساتها السحرية، تضع القدر على النار ثم تدخل إلى الحمام تأخذ دشا سريعا وتلبس فستاناورديا، إنه قميص النوم، وتلبس فوقه روبا أزرق اللون غليظا، بعض الشيء، لأنها تحس بالبرد أحيانا وجوارب صوفية.

تسرّح شعرها ثم تتوجه إلى المطبخ فتجد أن الحساء قد استوى ونضج، وهكذا تتوجه إلى الطاولة لتقوم بتزينها ووضع الأطباق والخبز وكل ما يلزم.

في هذه الأثناء يصل زوجها الحبيب، فيدخل ليأخذ حماما على السريع، وعندما يخرج يجد أنها قد وضعت الطعام على الطاولة، والفاكهة وأيضا الشاي، ثم توجهت إلى الأريكة لتصبح بعيدة عن الشاي، ولتشاهد التلفاز، بينما زوجها يتناول طعام العشاء.

لقد كان يعلم لويس بأن زوجته تتضايق أحيانا من الطعام، ومن رائحته في بعض الأحيان فقط وليس دائما، لذا فهو لم يكن يحب مضايقتها بالسؤال، ولا بالجلوس معها أو الطلب منها أن تجلس معه، وهو يتناول طعامه، رغم أنه كان يحب رفقتها، ويتحرق شوقا للعودة إلى البيت لرؤيتها هي والجنين.

كان لويس قد اشترى لزوجته ايليز سيارة قديمة صفراء كلاسيكية، وأخبرها بأنه يجب عليها أن تستعملها في حالة ما إذا احتاجتها، ولكن فقط للضرورة، لأن الطبيب قد منعها من أي جهد كان.

وبما أن موعد الولادة يقترب يوما بعد يوم، لذا كان لويس يفكر في مصلحة زوجته والجنين، فأخبرها بأنه

قد أحضر السيارة تحسبا للولادة في حالة ما إذا كان هو غائب عن البيت، لكي لا تصبح زوجته في موقف حرج، وبيتهم بعيد عن المدينة والمستشفى، إلا أنه كان المطلوب منها، إن تتصل به إذا شعرت بأنها دخلت مرحلة المخاض أو حتى إذا وقع لها أي أمر آخر.

لم يكن لويس يستطيع أن يأخذ أيّة إجازات من العمل لكي يجمع إجازاته ويأخذها أيام الولادة وما بعدها، لكي يقضي بعض الوقت مع زوجتهن والمولود بعد الولادة.

مأساة حقيقية

في أحد الأيام، بعد أن دخلت ايليز للحمام لكي تستحم لاحظت شيئا غريبا فخافت قليلا، واعتقدت أن الأمر قد يكون أمرا عاديا في الحمل.

خرجت ايليز من الحمام، وتغاضت عن الأمر قليلا، جهّزت الطعام، واتصلت بزوجها، ولكنه لم يرد على مكالمتها.

شعرت ايليز بشيء غريب فهلعت، وخافت على جنينها، اتصلت بزوجها مرات عدة، لكن الاتصال قد

انقطع، اتصلت مرارا وتكرارا، ولكن هاتف زوجها كان خارج الخدمة أو خارج نطاق التغطية.

فزعت ايليز كثيرا وخافت خوفا عظيما، فقررت أن تذهب إلى المستشفى بسيارتها، اتصلت بصديقهما الرجل الأرمل السيد **هنري** وأخبرته بما حدث معها، وعن مكالمات لويس التي لم يكن يرد عليها.

أخبرها السيد **هنري** الذي كانت تريد مساعدته لها، بأنه بأنه قادم إلى البلدة، ونصحها بأن تنظره هو لينقلها، وإن لم تستطع هي انتظاره لتتوجه إلى أقرب مستشفى من أجل الاطمئنان على جنينها.

لكن ايليز رفضت، وقالت له:

نلتقي في الطريق إلى المستشفى، أنا لا أستطيع الانتظار لحظة واحدة، سوف أخرج حالا، ما دمت أتحمل الألم الذي أشعر به، فربما قد يزيد الألم وفي تلك الحالة لن أتحمل، وربما لن أستطيع أن أقود السيارة.

خرجت ايليز مسرعة بملابسها التي عليها، ولم تنتظر أية لحظة ولا أي أحد.

وما إن ركبت السيارة حتى انفجرت الدماء منها فهلعت، لقد كان كل تفكيرها في المولود وخسارتها المحتملة له.

قادت ايليز السيارة وهي تتألم كثيرا، لدرجة أنها لم تستطع الاستمرار في القيادة بعد قليل، وهي تئن وتصرخ من الألم.

كان الوقت متأخر فقد حلّ الليل، خيّل لها أنها رأت شيئا يمشي على الطريق فزاد خوفها، ولم تستطع التحكم في القيادة، وهكذا انقلبت السيارة وماتت ايليز على الفور، في ذلك الحادث المريع.

عندما وصل السيد **هنري** إلى مكان الحادث تفاجأ بما حدث لإيليز، وحزن حزنا شديدا، لقد كان حادثا مروعا راح ضحيته ايليز وطفلها.

وجد السيد **هنري** الشرطة تملأ المكان.

قدر محتوم

اتصل السيد **هنري** على هاتف **لويس** الذي كان محصورا في المصعد لمدة نصف ساعة، لذا لم يكن يرد على اتصالات زوجته.

وعندما رد **لويس** على اتصال السيد **هنري** أخبره بما حدث مع زوجته، وبالحادث وكل التفاصيل، ووفاة ايليز والطفل أيضا.

خرج **لويس** مفزوعا وركب سيارته، وأسرع باتجاه مكان الحادث ودموعه تنهمر، ورغم أنه سمع من

السيد **هنري** خبر وفاة زوجته إلا انه لم يكن يصدق، وفي نفس الوقت كان لديه أمل بأن يكون كلام السيّد **هنري** غير صحيح.

لقد كان يتمنى أن يكون كلام السيد هنري غير صحيح، كان لديه أمل في أن يجد زوجته على قيد الحياة.

أسرع وكان يزيد السرعة ولا يتنبه للطريق، لكنه لم يصل إلى مكان الحادث فقد أوشك أن يقتل غزالا، وبدلا من ذلك انحرفت السيارة، ولقي حتفه غير بعيد عن المكان الذي توفيت فيه زوجة، ونقل الأربعة إلى نفس المستشفى في نفس الساعة ايليز ولويس والجنينان، اللذان كانا توأما في بطن ايليز بنت وولد .

المالك الجديد

بعد مرور مدة من الزمن على ذلك الحادث المأساوي، اشترى رجل يدعى السيد **جورج جيوفاني** المنزل الذي كانت تسكنه ايليز ولويس وبالتقريب بعد مرور عام عن الحادثة.

لم يكن ذلك الرجل يعلم تاريخ المنزل، ولا تفاصيل الحادث، الذي أودى بحياة أصحابه، ولكنه أعجب بالمنزل فور رؤيته له ولأول مرة، لذا قرر شراءه وترميمه، والعيش فيه لفترة معينة، فقد كان يبحث عن بيت بتلك المواصفات التي تميز بيت لويس وايليز.

لكن السيد **جورج** شعر بوجود أمر غريب في البيت فقد كان يشم رائحة النعناع طول اليوم، وفي الليل بوقت متأخر كان يشم الرائحة بشكل قوي جدا، وبعد تفكير قام بإخراج كل الأعشاب من البيت، وأيضا كل أصائص النباتات التي كانت تبدو ميتة، ولكن رغم كل ذلك لازالت الرائحة قوية، ولم يستطع مقاومتها لأنها كانت تخنقه.

لم تكن الرائحة سيئة، ولكنها كانت قوية، وأصبحت تزعج السيد **جورج** لذا قرر أن يجد حلا لتلك المشكلة، فهو لن يتأقلم مع الوضع.

فكر في أنه ربما يتحسن مزاجه، ويتحسن البيت بعد ترميم المنزل، ولكنه رغم ذلك لم ينس الأمر وقرر أن يبحث عن مصدر الرائحة.

سر النعناع

في يوم دعا السيد جورج أحد أصدقائه إلى بيته الجديد، لكي يلعبا الشطرنج، وقد كانت لعبتهما المفضلة، والتي كان كل منهما يجيد أفضل من الآخر، ولا يمكن توقع من سيكون هو الفائز في كل مرة.

كان هذا الصديق وهو رجل كبير في السن يدعى السيد روبير يجيد لعبة الشطرنج وأيضا يجيد قراءة الورق، لقد كانت قراءة الورق هواية لا يمارسها إلا مع أصدقائه المقربين و الأقرب له فقط، وأيضا في حالات معينة.

لقد كان يمارس هذه الهواية عندما كان أصغر سنا، ولكنه أصبح لا يمارسها تقريبا إلا في مرات معدودات، ولأجل أمر أو أمور شديدة الأهمية.

مع دخول السيد روبير البيت ومع مروره على عتبة الباب اشتم هو الأخر الرائحة القويّة التي لا يستطيع أن يشمها أي شخص عادي، ولكنه سأل صديقه وقال:

ما هذه الرائحة القوية يا **جورج**؟

السيد جورج:

أيّة رائحة؟

السيد روبيّر:

ألا تشم رائحة أعشاب عطرية أو نبتة ما؟

ألا تعرف ما الذي أتحدث عنه؟

السيد جورج:

كنت أريدك أن تصف لي ما تشمه لكي أجيبك

السيد روبير:

الرائحة منبعثة من بيتك، ولا تعرف مصدرها

السيد جورج:

بل ربما أنا لا أشمها

السيد روبير:

هل أنت جاد في كلامك؟

السيد جورج:

لكي أكون صريحا معك لقد سألك الكثير من الناس
نفس السؤال من عمال النقل ومن عمال التنظيف الذي
يجهزوا لي البيت لكي أنتقل إليه ولكن لا أحد يمكنه أن

يشم هذه الرائحة إلا أنا، وأنت أول شخص يثبت صحة كلامي..

أنت بالفعل تشم الرائحة التي أشمها أنا

السيد روبير:

وما هي هذه الرائحة إذن؟ ما مصدرها؟

السيد جورج:

كما أخبرتك لا احد يعرف عنها شيئا، ولا أحد يمكنه أن يعرف مصدرها حتى أنا، فماذا عنك أنت؟

السيد روبير:

أعتقد بأن سؤالك هذا وراءه طلب يا صديقي

السيد جورج:

أنت دائما تفهم كلامي ومن دون أن أنطق كلماته

السيد روبير:

هذه هي الصداقة يا صديق

السيد جورج:

وخاصة أننا صديقان منذ الطفولة

السيد روبير:

أجل.. صداقتنا متينة وقوية، وأيضا نحن كالأخوة

السيد جورج:

والآن.. هل يمكنك أن تخبرني عن مصدر الرائحة؟

السيد روبير:

الأمر يحتاج بعض التركيز

السيد جورج:

نحن لوحدنا وسوف نركز على هذا الموضوع لوحده،
وسوف أفعل كل ما تطلبه مني

السيد روبير:

أنت تذكر جيدا كيف تسير الأمور؟

السيد جورج:

طبعا.. أذكر يا صديقي فقد كانت هذه أفضل هواية
بالنسبة لي رغم أنك لا تحب أن تفعل هذا بالعادة، وأنا
أجهل السبب

السيد روبير:

بقراءة الورق أحيانا أنت تكتشف أمورا سرية، وأحيانا
تشعر بأمور مخيفة، وأخرى مؤلمة، وكل هذه الأمور
تجعلني أشعر بالعجز أحيانا، وبالحزن والألم أحيانا
وبمشاعر مختلفة أخرى.

السيد جورج:

أفهم كلامك، ولكن الأمر هذه المرة يخص بيتي، والذي يبدو أن وراءه سر، ويجب أن أكتشفه، فأنا لم أستطع أن أتأقلم مع تلك الرائحة القوية، وإن لم أعرف مصدرها، فربما يجب أن أترك هذا البيت، وأعرضه للبيع.

السيد روبير:

لن نعرف الحقيقة قبل أن نقرأ الورق، وبعد ذلك سوف نعرف ما يجب عليك فعله.

السيد جورج:

إذن.. أنت موافق على فتح الورق وقراءته

السيد روبير:

أجل..

السيد جورج:

هيا أنا متشوق كثيرا، أرجوك أخبرني بعض التفاصيل

السيد روبير:

أحضر لي كوبا من الشاي، لكي افتح لك الورق مع كوب الشاي.

عندما فتح السيد روبير الورق لم يتحمل ورقرقت عيناه، وشعر بالألم كثيرا وبدا الحزن على وجهه، وقال:

لماذا يا صاحبي.. تزعج هذه الروح المعذبة؟

السيد جورج:

من تقصد؟ أخبرني رجاء..

السيد روبير:

إنها امرأة تسكن هذا البيت

تنتظر عودة زوجها بلهفة، وتعد له الطعام كل يوم،
وتعد الشاي بالنعناع.

السيد جورج:

الشاي بالنعناع!؟

السيد روبير:

أجل.. تلك الرائحة التي تشمها هي رائحة الشاي
بالنعناع.

السيد جورج:

ألن تغادر هذا المكان؟

السيد روبير:

إنها روح تسكن هذا المكان، ولن تغادره أبدا، هي باقية
هنا إلى الأبد..

هي لا تعلم الحقيقة.

السيد جورج:

أية حقيقة؟

السيد روبير:

لن تغادر لأنها لا تعلم أن الروح قد غادرت الجسد، بل الجسد هو من غادر هذا المكان تاركا الروح المحبة ورائه..

إنها روح بثلاثة أرواح

إنها امرأة وجنيناها يقطنون هذا المكان...

السيد جورج:

المرأة كانت حاملا إذن؟

السيد روبير:

كما أن زوجها أيضا هنا

ولكنه ليس معها.. إنه في موقع مغاير، ولكنه موجود هنا أيضا، ولكن ليس الجميع مع بعضهم، بل المرأة والجنينان في بعد والزوج في بعد آخر

هي تنتظر زوجها بحب وهو يرجع كل ليلة إلى البيت بشوق ولهفة وحب.

السيد جورج:

إنها قصة حزينة وأيضا أمرها غريب عجيب، ولكن لما ليسوا مع بعضهم؟

السيد روبير:

لقد سبقته بانفصال الروح عن الجسد، ولكن هي لم تغادر البيت، فقد عادت إلى اللحظة التي كانت فيها في بيتها، وانمحت الحادثة التي أودت بحياتها من تاريخ ذاكرتها.

إنها لا تذكر ما حدث معها، بل هي تعيش يومياتها بشكل عادي، وتعتقد بأنها تنتظر زوجها، الذي سوف يعود من العمل في وقت متأخر.

ولكنها فقط تنتظر، ولا تلتقي به

السيد جورج:

وماذا عن زوجها؟

السيد روبير:

أما بالنسبة له هو يعود، ولكن لا يلتقي بزوجته

لقد عاد ليجد طعامه على الطاولة.. كالعادة، إنه يعيش بنفس الطريقة منذ أن حدث لهما الحادث، ولا يكاد أي منهم يغير حياته أو أمله

صديقي.. لا يمكنك أن تقتل أملهما باللقاء.

لقد تجاوز هو أيضا ما حدث معه، وهو يعيش في حلم عودته إلى بيته أو ربما يعيش في وقت سابق لذلك، لأنه يتصرف كما يتصرف في العادة.

السيد جورج:

أنا آسف لسماع كل هذا.. يبدو الأمر محزن

السيد روبير:

أنت يا صديقي الشخص الخامس في هذا البيت.

أنت من يملك حرية التصرف.

أنت الوحيد الذي يمكنه تغيير قدره، أما بالنسبة إليهم فقدرهم قد كتب وانقضى..

السيد جورج:

أنا!؟

السيد روبير:

أجل يا صديقي.. أنت الشخص الوحيد الذي يتمتع بالحرية.

حرية القرار، وحيرة الانتقال، وحرية الاختيار.

أنت الوحيد القادر على الانتقال، فدعهم يعيشون بسلام.

خرج الصديقان من المنزل، وقرر السيد **جورج** صاحب المنزل الجديد أن يتركه لأصحابه الأصليين وإن كانوا مجرّد أرواح.

أراد أن يهبهم المنزل، والحرية، والراحة، والهدوء.

قرر أن لا يبيع المنزل، وأن لا يغير به أي شيء، بل أن يتركه مثلما هو.

قد يبدو المنزل مهجورا، ولكنه على العكس تماما، كان مأهولا بأصحابه الحقيقيين.

حيث دبّت فيه الحياة من جديد، فور خروج السيد
جورج والسيد روبير الذي ترك لهم الأمنيات بالخير
والسعادة، كما أراد أن يهديهم هديّة قبل أن يغلق الباب
وراءه.

لقد دعا لهما باللقاء مع بعضهم، وأن تنجب السيدة إيليز
طفليها، وأن يعيشوا جميعا في سلام ومحبة.

أربعة أرواح مسالمة.

Sommaire